그 얼굴

그 얼굴

ⓒ 강태용, 2026

초판 1쇄 발행 2026년 4월 16일

지은이　　강태용
펴낸이　　이기봉
편집　　　좋은땅 편집팀
펴낸곳　　도서출판 좋은땅
주소　　　서울특별시 마포구 양화로12길 26 지월드빌딩 (서교동 395-7)
전화　　　02)374-8616~7
팩스　　　02)374-8614
이메일　　gworldbook@naver.com
홈페이지　www.g-world.co.kr

ISBN　979-11-388-5706-2 (03810)

그 얼굴

강태용 시집

좋은땅

　사람은 질서를 먹으며 살아가는 사회적 동물이라 사람과 부딪치며 느끼는 감정을 표현도 해 보고 자기에 맞는 취미를 가지고 꾸준히 이행하며 살아가다 보면 삶에 대한 자신감도 생기고 생활의 여유도 생기는 것이 인생사 아닌가요?

　저는 할 수 있다는 심념과 굳은 자부심으로 살아가는 길에 이어 이번에 제2집으로 독자 여러분들의 힘찬 응원에 힘을 얻어 그 얼굴을 출간합니다.

　독자 분들께 진심으로 감사 말씀 올립니다.

2026년 4월

시의 분류

【내용에 따른 분류】

★ 시의 3대 장르

1. 서정시

   시인의 사상 감정을 서정적 주관적으로 읊은 詩

2. 서사시

   국가나 민족의 역사적 사건에 얽힌 신화나 전설 또는

   영웅의 사적 등을 읊은 시

3. 극시

   희곡 형식으로 써진 시

【시의 형식에 따른 분류】

1. 정형시【定型詩】

   자수, 구수, 음의 성질에 따른 위치 등이 일정하게 정

   해진 시

2. 자유시【自由詩】

   정형적 운율이나 시형에 구애되지 않고 자유로운 형

   식으로 사상을 나타낸 시.

3. 산문시

   산문체로 쓴 시. 내재율은 가지나 행과 연의 구별이

   없음.

★ 시의 표현법

1. 비유할 때(비유법)

   직유법, 은유법, 의인법

2. 강조할 때(강조법)

   과장법, 반복법, 영탄법

3. 변화를 줄 때(변화법)

도치법, 설의법, 반어법

詩는 言語의 예술이다.

★ 詩의 定義

詩는 律語에 의한 自然의 모방이다.

1. 율어(律語)

   운문(언어의 운율적 조직)

2. 자연(自然)

   현실

★ 詩의 本質

언어(言語)

의미: 개념과 현상 철학 성과 희화성

형식: 음성(음악성)

★ 詩의 3대 요소

의미적 요소, 회화적 요소, 음악적 요소

★ 시의 운율

1. 외형률

음수율: 3.4조, 4.4조, 7.5조(민요조)

음위율: 두운, 요운, 각운

음성율: 반복률

2. 내재율

돌담에 속삭이는 햇발같이 풀 아래 웃음 짓는 샘물

같이

(음수율: 3.4.4조, 음위율: 두운, 요운, 음성률: ㄴ,

ㅁ, ㅇ)

★ 문장 표현의 발달 단계

1. 사실적 단계

사실적 묘사적 표현

2. 유추적 단계

비유적 표현

3. 상징적 단계

고도의 암시적 함축적 표현

★ 시의 표현

1. 비유

2. 상징

관습적, 전통적, 개관적, 일반적 상징

개인 상징

기분 상징 - 분위기

★ 시의 내용

1. 정서(선천적 감성)

감화적 요소, 시간 유기체의 전신적 감각

2. 사상(후천적 지성)

지각, 지식, 신념, 의견의 종합물

★ 시의 특징

1. 언어의 시적 특징

개인적, 주관적

2. 시적 언어의 특징

함축(암시적)

3. 시의 표현

리듬, 이미지, 상징, 어조

★ 시의 궁극적 효용성

1. 감동과 쾌락

2. 시의 정서의 주관성

3. 시의 생리(심리), 당대의 여건(사회성, 시대성), 독

창성(참신성)

★ 시의 어감

1. 유성음

부드럽고 율동적인 느낌(굴러가고, 흘러가고)

2. 폐쇄음

박히고 부닥치고(떼굴떼굴 떽떼굴 떽떼굴)

3. 시적 자유

노~오~란, 하~이~얀

개성적인 눈을 가져야 한다. ― 상상적, 상상력

물: 창조의 신비, 정화, 재생

바다: 생명의 근원, 영원의 세계

빛: 구원

강물: 시간의 흐름, 생의 윤회

흑색: 혼돈, 미지, 죽음

적색: 희생, 정렬

바람: 생기, 시련

숲: 자궁, 안식처

잎새: 군집성을 띤 작은 생명체

【작품의 경향에 따른 분류】

1. 순수시

   역사, 도덕, 철학 등 산문적인 요소를 배제하고, 순수

   하게 정서를 자극하는 표현적 기능을 중시한 시(운율

   이나 예술성을 중시)

2. 참여시

   정치적인 의도에서 또는 사회 정의의 처지에서 정치

문제나 사회문제에 의도적으로 참여하는 의식으로

쓰인 시 - 목적시

★ 시적 경향 주제의 내용에 따른 분류

　1. 주정시

　감정, 정서 등이 주된 내용으로 된 시

　2. 주지시

　지적인 면을 강조한 시. 지성을 중시하는 예술 의식

　이나 시작 태도로 씌워진 시

　3. 주의시

　의지적 측면이 주된 내용으로 씌워진 시

【한국 현대시의 발달 과정】

　1. 낭만시(1920년)

　1920년대 주정적, 감상적, 퇴폐적인 낭만주의 - 폐허

　백조

2. 목적시(1925년)

사회주의 이데올로기 선전을 위한 조잡한 정치구호

선호

3. 순수시(1930년)

언어의 음악성을 중시한 유미적 예술 지상주의

4. 주지시(1934년)

언어의 회화성을 위주로 이미지와 시각적 현상을 추

구한 모더니즘의 순수시(최재서, 김기림, 김광균)

5. 생명파(1936년)

인간의 생명존중의 생명의식 - (인생파)

6. 청록파

한국적 자연을 대상으로 산수도를 그린 순수시

차례

가시어미(장모)

어떤 인연으로 맺어진 가시어미
우리 사위 왔는가?
맨발로 뛰어나와 반갑게 맞아 주시던 분

배고픔부터 다스려 주고 안색을 살피시는
꿈속같이 편하시던 분
흠이 있어도 한평생 내색 없이
인자하고 어진 가시어미 님

백발이 울부짖고
찬바람이 마음을 휘둘러 온기를 잃어 가도
지난 일들이 따스하고 훈훈하게
엄마 품속같이 포근히 다가와 감싸 안는다

고추잠자리

잠자리, 잠자리 고추잠자리
힘겹게 날아가는 빨간 잠자리
펄럭이는 날개가 지쳐 있구나

빨갛게 물들인 고추잠자리
고추밭에 갔다가 물이 들었나
얼굴이 빨갛게 붉어 있구나

이리저리 날아가는 고추잠자리
같이 가다 한눈팔아 길이 갈렸나
길 잃어 헤매는 고추잠자리

빙글빙글 돌고 있는 고추잠자리
아직은 젊은데 치매 왔나 봐!
온 곳 몰라 갈 곳 잊어 헤매이나 봐

우이동 골짜기

빽빽한 빌딩 숲, 숨 막히는 도심을 벗어나
우이동 계곡을 올라가는데 서원 터 옆으로
흐르는 물이 글 읽는 소리 되어
조잘조잘거리며 내 마음을 적시며 흘러간다

얼굴 스치는 시원한 바람에 발걸음 끌리어
꾸불꾸불 산길 속 계곡 사이 흐르는 물속에
덤벙 뛰어들어 차가운 물속에 몸을 담아
둥둥 떠 있는데 더위는 금세 날라 가 버렸다

자연은 사람을 이리 시원히 품어 주는데
사용한 컵과 빈 병이 보이는구나?
빈 병을 잡으며 흔들리는 물속을 바라보니
고마워하며 얼굴을 매만져 주시는구나

정신 나간 사람처럼 멍하니 서서
찰랑거리는 물속을 내려다보며
흔들리는 물속만 바라보고 있네

돌담

척박한 땅에 씨를 뿌리기 위해
파헤쳐 나온 쓸모없는 돌덩어리
빈터에 던져져 돌무더기로 살다
울타리 걷어 낸 공허한 빈자리
한 줄 한 칸 정성으로 쌓여져
바람막이 얼굴 가리기로 살다가

폭풍 불고 비바람 휘몰아치면
의젓하고 뚝심 있게 버티고 서서
듬직하고 굳세게 집을 지키는
우리 집 호위군사 일등 파수꾼!

인연(因緣)

어두운 밤거리를 걸으면 발걸음 바빠지고
외로운 마음은 달빛에 취해 드러눕는다
별빛은 정답게 속삭이듯 반짝이지만
고요하게 흐르는 달빛은 차갑게 흘러간다

차가운 마음과 떨리는 손은 눈 녹듯 사라지고
흥겨움과 즐거움 장단에 부풀어진 마음은
뜨거운 혈관 속으로 조용히 흘러들어
사랑은 오붓하게 익어 땅을 감싸고 하늘을 항해
희망의 깃발을 불러 모아 행복의 안식처를 꾸며 나간다

보물 못(寶池)

쭉 뻗어 내린 두 기둥 협곡 사이로
깊숙이 감춰진 신비스런 못
태고의 신비 속에 우주를 누비는 굳센 힘과
선대의 원초적인 기상과 품성이
살고 있는 핏줄의 원천인 보물 못
당대를 열고 후대를 잇는 가교 역할을 하고
천만년의 역사가 숨 쉬며 고요히 흐르는 江
웅녀가 쑥과 마늘을 섭취하고
백일 동안 햇빛을 보지 않은 옹고집 집념 속에
대한민국은 융숭하고 복되게 천만년을 살아간다

그때처럼

그대의 파인 볼에 사랑이 묻어 있고
맑은 눈동자엔 애연(愛緣)이 깃들어 있습니다

머리 위에 좋은 햇살
비추인 머리카락도
그대이기 때문에 빛이 납니다.

초록은 붉게 물이 드는데
그대는 내 마음속에 늘 푸릅니다

사랑하고 사랑합니다
긴긴 시간이 지난 지금도
그때처럼

가는 길

젊은 초록이 가볍게 흔들어
잎 사이 바람 불어
조용히 물들어 가고

굽이굽이 굽이쳐 흐르는 강물은
거침없이 굴곡진 계곡을 따라
다시 오지 못할 길로 유유히 흘러간다

물들어진 단풍은 바람 불러와
젊은 날 꿈꾸던 좋은 겉옷 홀연히
벗어 던지며 아프게 사라져 가고

흐르는 강물은 바닷물에
잠들어 고요하기만 하다

가을비

조급하게 몰아 숨 가쁘게 가슴 스치며
촉촉이 황토 흙 두드리는 가을비

추워지는 겨울이 다가옴을 알리는 것인지?
바람결이 싸늘하고 차갑구나

가을걷이 끝나가는 들에는 회오리바람
황량하게 몰아쳐 서둘러 갈무리하게 하고

붉게 물들이고 있는 나뭇잎은
한가하게 꿈을 꾸다 놀래
이파리 날리며 조용히 사라져 간다

고요한 당신

고달픈 나를 그대의 고요한 가슴에
편히 쉬게 하여 주오

그대의 검은 눈동자는 아늑히
쉼의 자리가 되어
나의 영혼이 편히 쉬려 하오니

그대의 고요한 가슴과 아늑한 검은
눈동자를 나에게 내어주오

떠나기 전에

상큼하게 다가오는 맑은 공기가
고요히 깃든 눈을 뜨게 하고
내리는 이슬비에 풀잎은 눈웃음으로
눈망울을 굴리며 반짝인다

모래알 돌덩이도
풀잎과 나뭇잎도
살아 숨을 쉬는데

잠들어 있는 기억들을 모두 꺼내
펼쳐 놓아도 알아보는 사람이
없으면 아무 소용없는 것

그리움이 돌아가려 해도 갈 곳 없어
무지갯빛으로 다가와 아우성치지만
그를 아는 자가 없는데 어찌하랴

슬픔에 젖어 가슴 움켜쥐고
울부짖어도 아는 사람이 없는데
어찌하랴?

누군가가 곁에 있을 때
함께 웃으며 행복하고
살맛 나게 살아가는 세상을
함께 가꾸어 보자!

향수(鄉愁)

그리움이 미소가 되어 헐렁한 하루를 부풀리며
포근히 잠든 동굴 속으로 파고들어
잠자던 지난 세월이 무지갯빛으로 총총히
다가와 크게 한 뭉치 던져 놓아

지워지고 잊어진 지나간 일들이
파도처럼 솟구쳐 밀려와
가슴속에 잠들어 있는
추억들을 흔들어 일깨운다

앞들 불어오는 칼날 같은 찬바람 앞세워
언 방죽, 썰매 타기로 열 올리고,

봄바람 훈훈하게 불어오면
뒷산 뒤흔든 연분홍빛 진달래
꽃잎 따서 입에 넣던 그 얼굴들
보일 듯 말 듯 다정하게 다가와
속삭이듯 다정하게 말을 걸고는
조용히 사라져 간다

봄의 정겨움

발가벗은 알몸으로
엄동설한 참고 이겨 내며
찬바람 속에 흔들거리며
힘들게 서 있는 나목(裸木),

아지랑이 사이로 따사로운
연둣빛 살갑게 찾아와
비늘눈으로 감싼
잎혀 열어 움트게 하고

잎 하나, 둘 발아시켜
이파리 파랗게 살찌우며
물씬한 향, 날려
벌, 나비 날개 힘차게 저으며
기쁘게 춤추며 날아들게 한다.

봄기운에 젖은 푸른 잎들은
입가에 흐르는 미소로
생의 찬미 속에 정겹게 흔들거리며
홍겨움에 젖어 신바람 나게 살아간다

정취

훈훈하고 따스하게 강바람 불어
살랑대는 봄기운 안고
초록이 물들어 갈 때

매콤한 찔레꽃 향기와 아카시아 진한 향이
코끝 스쳐 지나가고,
벌과 나비 나는 소리 분주하고 요란하다

다가온 매혹함에
부풀어 뜨거운 가슴 열려
꿈틀대는 열정은 식을 줄 모른다

눈도장

이른 아침 창문 열어 보니
하얀 눈 새하얀 눈이 나뭇가지 위에
기분 좋게 웃음 웃으며 손짓합니다

산과 들에 쌓인 환하고 밝은 눈 위를
달리고 뛰며 살아 움직이는 자국을 찍습니다
하얀 가슴속에 세상에 왔다 감을 남기려
발자국을 찍습니다, 하얀 자국을 찍습니다

동지(冬至)

잠 속에 파묻힌 긴 밤이 시간의 흐름에 놀라
잠을 깨
기지개를 펴며 일어나 하품을 하고

다가올 태양의 긴 시간을 위해 별과 달이어두운
밤을 몰아내려 환하게 환영의 빛을 내려 보낸다

어두운 밤과 뜬눈으로 새우고 간
빈자리는 하얗게 밤을 새웠다

깨어나라

고개 언덕을 지나가는 세찬 바람
휭휭한 길을 터 가며 하얀 눈송이를 앞세워
드넓은 대지를 하얗게 늘어놓으며 웅성거린다

찌든 일상에 젖어 허우적거리며 몸부림치는
대지를 흰 몸을 던지듯 감싸며 촉촉한
하얀 손으로 따스한 바람 잡아

봉오리 올리는 나무 위에 살며시
내려앉아 잠에서 깨어나
봉오리 펼치게 한다

조각구름

이리저리 힘없이 떠돌다가
초승달 따라 외롭게 떠 가는 조각구름
밝게 떠오르는 찬란한 빛에
숨죽이며 움츠려 숨어 지내다가
검은 구름 곁을 기웃기웃거리다
구름에 휩쓸려 먹구름이 돼
온통 까맣게 물들이며 세상을 검게
삼켜 버린 검정 구름

힘은 위세에 젖어
힘없던 시절을 망각하는 것
한 번쯤 뒤를 돌아보시지요?
힘없던 그 시절을 생각해 보세요?

혁명군

출렁이는 물결이 바람을 앞세워
파고를 일으켜 높이 솟구치며
달려오는 군상을 밀리는 듯 밀어내고
한 발짝 앞서가듯 치솟아
휘몰아치며 세상을 뒤집어엎는다

그대의 위상에 짓눌려 그대가 바라는
쪽으로 모든 위력이 조용히 사라져 갑니다
그대를 우러러봅니다 진정한 혁명군답습니다

봄의 향연

뭉게뭉게 아지랑이 피어나고
바람이 얼굴을 스치며 훈훈하게 건네주는 안부 인사
살갑게 웃음 주는 미소가 정답게 다가온다

물소리 찰랑대고 청량하게 울음 우는 새소리
나무 사이로 이름 모를 풀잎과 꽃들이
살금살금 솟아 얼굴 내밀어 존재 알리고
첫발 떼는 새싹 수줍게 움츠리며 떨고 있는
이른 봄날이 지나면

지난 일들이 찔레꽃 향기가 되어
코끝을 스치듯 뇌리를 스치고 지나간다
지난 세월이 남겨 놓고 간 자리에
올해도 가지 끝에 향기 풍기며
길게 늘어트리는 가지들 사이로
꽃무리 활활 출렁일 때

마음속에 웅크리고 있던 기다림이
반갑게 마중을 나간다

고운 향기를 내뿜으며
춤추는 꽃들의 향연을 보기 위해

벌초

조부모(祖父母)가

양택(陽宅)을 떠나
음택(陰宅)으로
이거하신 지 반백 년을
넘게 지내오신 유택
산허리 에워싸고 안은
좌청룡 우백호의 호위 속에
굳건하게 자리 잡은 묘소

사람의 발길 드물고 외진
깊고 깊은 산속에 자리한
둥근 토봉

된바람 막아 주며
밝은 햇빛 맞아 주는
따뜻하고 포근한 보금자리

잡초 무성하고 잔디 웃자란 분묘를
말끔히 청소하듯 벌초를 마치고

술잔 정중하게 올리니
흘리는 땀방울 옷소매로 닦아 주시는지
시원한 바람이 이마를 스치며 지나간다

구도자

비 온 뒤 어둠이 물들어 갈 때
무지개 떠 찬란한 빛 내리는데
고갯마루 넘어오는 남루의 고된 방랑자
흐르는 세월만큼 고뇌 속에 깃들여져
그대가 살아온 길이 인생의 행로이고
살아가는 삶의 길 인지라 그대를
항해 온 마음을 다해 달려가 멈춰 서 있습니다
그대가 뿌리는 밝은 빛을 보기 위해
그대가 표현하는 맑은 말을 듣기 위해
나는 여기 서 있습니다

발자취

지난 일들이
봄빛에 새움 돋아나듯
모락모락 숨을 쉰다

만경강 강물이 젊게 흐르고
누런 곡식 익어가는 들녘을 활보하며
꿈을 키우던 시절이 다가와 웃고

고창 해안의 겨울의 밤바다
변산반도 지리산 계곡의 물소리가
젊음을 노래하는 시절이 뛰어 달려온다

책임감을 키우던 성숙한 시절
같이했던 얼굴들
그 얼굴들이 가슴에 다가와
엄마 뱃속에서 빠져나가듯 뜨겁게 사라져 간다

힘들다 말하리오

들을 지나 흐르는 냇가에 홀로선
버드나무
그늘을 만들어 묵묵히 냇가를 지키고

산등성을 휘몰아치는 태풍을 견디며
장군처럼 버티고 서 있는 큰 바위
산천과 고을을 지키며
하늘의 해와 달도 드리우며
어질게 살아간다

들의 버드나무와 산 위의 바위는 누구의
도움 없이 굳건히 할 일을 다 하는데

밤잠 자지 못하고 쉴 틈 없이 일한다 하여
가정을 위해 하는 일이 어찌 힘들다 말하리오

비밀 장소

두 눈이 맑아지고 가슴이 확 트여
시원한 공기가 폐 속까지 들어오는 숲속

화음 높은 새들의 노랫소리
나지막하게 들려오는 지저귀는 울음소리

이름 없는 풀꽃이 얼굴 내밀고
졸졸 흐르는 시냇물 소리 맑게 흘러가는
이런 곳을 우리의 아지트 삼아

친구들이 꿈속 찾아오면 이곳에 모여
정답게 웃으며 생의 찬미를 노래하며
트인 마음으로 즐겁게 살아가련다

가을바람

바늘귀를 파고 스치는 쌩한 바람
젊은 초상(肖像)이 솟구치는 강한 열정으로
닫힌 문 열어 고요 속을 파고든다

들녘의 바람이 휘파람 되어 고궁의 침묵을
흔들어 깨우고 옛 정취 가슴에 담아
포근하게 귓전을 스친다

펄럭이는 잎들은 그늘의 싸늘함을
온몸으로 감싸며 메말라 흔들림은 영혼을 잠재운다

간이역

울부짖던 기적소리 사라지고
고요히 졸고 있는 간이역

소박하고 꾸밈없는 해맑은 미소가
증기차의 울음소리에 달려오고

한들거리는 코스모스 눈웃음 사이로
기적 소리에 책가방 들고 뛰어가고
뛰어오던 눈덩어리 같은 추억들

새벽이면 푸성귀 보따리 저녁이면
이야기보따리가 어울려 숨 쉬던
지난날이 그리움 되어

기적 소리 된더위 속 소낙비 되어 사라져 버린
젊은 날 진한 아픔 삼키며 떠나보낸 사랑이
거미줄에 추억으로 엉키어 서성거린다

고갯길

꼬불꼬불하고 좁은 산길
산허리 노송이 점잖은 편 자리하고
떠오는 해 정중하게 맞이한다

노을이 물든 사이로 허름한 조각구름
날선 바람 속에 쫓기는 듯 사라진다

눌림을 당하는 통증과
가슴이 조여 오는 압박감 속에 가슴까지 숨이 차
헐떡이며 산을 넘듯 생의 고개를 넘는다

지는 꽃

곱게 피었다
예쁘게 태어난다

한 철 만에 지는 꽃도
홀로 피어 향이 코끝을 스치고

가로등 불빛에 깜박거리는
전등불 사이로 보일 듯 말 듯
굽어진 등허리로 서성인다

화려했던 지난날
서글픔이 눈물 되어
피어나듯 지는구나

달동네

산등선 올라가듯
꾸불꾸불한 골목길
산허리 잘라 낸
보금자리 달동네

전깃줄 전화 줄이
엉키고 설키듯
서로 정을 주며
희망을 꿈꾸며
정답게 살아가는
달동네 골목길

어둠이 깃들면 골목 계단에
한두 잔 정겹게 회포를 풀고
인생의 아픔과 꿈을 삭히며
밤은 사려 깊게 잠들어 간다

마음의 문

마음을 바꾸어 굳게 다짐을 하며

어리바리하게 살아왔던 지난날을 뉘우치며
힘차게 일어나 마음 가다듬고 길을 나선다

검던 산이 밝고 환하게 다가오고
흐르는 물은 상쾌하게 노랠 부르며
흥겹게 흘러간다

떠 있는 별들은 다정히 속삭이며
밤하늘에 반짝이며 고요히 희망을 수놓고

밝은 달은 깊은 숲속 밝게 비추어
움직이는 발소리 힘차고 활기차다

일터는 밝은 얼굴이 줄을 서서 맞아 주고
해맑은 미소는 상냥하고 조용히
부드럽고 찬란하게 여물어 간다

가슴앓이

이른 아침 나 홀로 탄천을 걸어가며
아장아장 걸어가는 산보 나온 아기 오리를 본다

뒤뚱뒤뚱 힘들게 걷다가 엄마 품속으로 뛰어들어
행복하게 웃는 얼굴을 보면서 환하게 웃음을삼킨다
다정히 사랑 이야기 나누는 두 남녀의 행복한 얼굴이
부러운 눈길로 다가가 멈춰 서 버리고

흐르는 구름은 하늘에 몸을 풀고
내를 흐르는 물은 바다에 몸을 적시며 잠든다

세월은 팔랑팔랑 나붓거리며
나를 끌고 가는데

내 안에 뭉클하게 도사리는 서글픔은
어데로 흘러가는 것이냐

누군가가 알아차려 다가오며는
맨발로 달음질쳐 맞아 주련다

봄 산

꿈틀대며 솟구치는 황홀함을 담아
넓은 가슴을 열어 기지개를 키며
부드럽고 따사로운 아지랑이를
등에 업고 봄나들이 나와

밝게 산허리 돌아가며
잠자는 나뭇잎 깨워 움트게 하고

망울진 꽃봉오리
환하게 봉오리 터져 웃는다

밝은 새소리
맑게 흐르는 물소리
봄 산은 노래한다

꽃빛은 화려하게
붉게 흩어져
벌, 나비 신들린 듯
어깨춤 화려하다

파도

침묵을 지키며 고요히 잠든 바다 위를
행복에 젖어 날개 저으며
갈매기 울음 우는 조용한 물결 위를

파고가 셈이나 힘을 앞세워
덮치는 바람에
선체는 조각조각 부서져 버려

희망을 앞세워 꿈꾸던 뱃머리는
희망을 잃고 밑으로, 밑으로 사라져 버리고
부서진 조각만 덩그러니 울부짖는다

자장가

입을 열면 시끄러워 닫아 두고
귀는 막을 수 없어 열어 두니
길거리의 잡음이 소음이 되어 들려온다

고단한 귀를 닫고 마음의 문을 열어 두니
말 없는 그대의 속마음이 뜨겁게 다가와
천금 같은 숨결이 가슴에 내려와 앉는다

흐르는 시간이 전율 되어
목소리는 해맑은 물소리
바람 소리가 되어 꿈속에서도
자장가 되어 들려온다

갈림길

가는 것이 다시 오면
오는 대로 맞아 주련다

오는 것은 다시 갈 수 있으니
믿지도 정도 주지 않으련다

갈 곳을 잃은 새
날갯짓 바쁘지만 빗금으로 날며
쓰리고 아린 대궁 속으로
어둡게 드리운 정막으로 사라져 간다

그물의 업의 옷을 벗어 던지고 윤회하는
것이러니 생각하면 가는 것은 당연한데
흐름에 서글퍼지는 것은
이게 사바세계의 진리이더냐

떠난 그대

가고 싶어 떠나시느냐
괴로워서 떠나시느냐
그대도 가고 또 그대도 가는구나

일요일 같은 쉼표가 적막하게 잠들어
그리운 사람은 보이질 않는데
찾아가려 해도 그 길 너무 멀어 갈 수 없구나?

무색에다 무취하고 무한한 세상
서쪽으로 기우는 햇살 사이로 나들며
저녁 구름 속으로 황홀함만 잠들어 가네!

갈무리

한참 온 것 같은데 뒤를 돌아보며
뒤를 돌아다보며 또 돌아다 본다
갈 길은 바쁜데
가다가 서서
가다가 서서

무엇을 그리 못 잊으시나
아직도 할 일이 그리 있으신가요?
뒤돌아보고 또 뒤돌아보고

갈무리 못 한 뒷자리
갈무리 안 된 뒷자리
서성이며, 서성이다
뒤만 보고
뒤를 돌아다 보고
흐르는 눈물만 훔친다

국론 분열

일제 강점기에서 벗어나자
신탁통치 반대
신탁통치 찬성
찬탁과 반탁이 휘몰고 휘몰더니

한일협정 반대
유신헌법 반대 물결이 먹구름을
몰고 천지가 요동치더니

탄핵을 지지하는 찬탁과
반대하는 반탁의 울림이
지축을 흔드는구나

겹겹이 쌓여 부르짖는
아귀다툼 속 울부짖음에
가슴은 불꽃이 튀어 오르듯 검게 타들어 가고
세상은 먹구름 속 혼돈의 정국이다

나라는 양분되어 국력은 허리 꺾여
헐떡거리고 절뚝거리며
보이지 않는 캄캄하고 어두운
길을 헤매며 시름시름 드러눕는다

老松(노송)

솔바람이 청음을 내며 청순하게 노를 저어
구름 한 점 둥둥 떠 간다
산마루 높고 험한 산길 따라
굵게 굽어 휩싸인 굴곡 마루 위에
산허리 안고, 풍채 늠름하게
서 있는 거목(巨木) 장송인 노송(老松)

청순하게 청솔 소리 내며
세찬 비바람도 스쳐 간다

외로움이 가슴 두드리며 초조할 때
그대가 서 있는 옆길을 걸으면
솔바람이 청음의 바람 따라
소곤소곤거리며 지나간다

수천 년 보고들은 많고 많은 사연들을
가슴에 안고 바람 불면 바람 속에 조금씩
날려 지난 이야기 알려 주는 어진 품성에
기대어 수천 구도자가 이 길을 걸었으리라

흰 눈이 내리는데

젖먹이가 옹알거리며
아장아장 걸음마 걸이로
졸졸거리며 흘러가는 아스한 소리

하얗게 수놓으며 스쳐 미는 울림소리
계절이 잠시 잎 사이에 멈춰 서듯
가던 걸음 하얗게 멈춰 선다

반갑다고 전해 주는 너의 외마디
차가운 마음으로 희고 고운 자태가
하얗게 눈을 반짝이며 마음의 손을 흔든다

여행길

조금만 더 보자
조금만 더 듣자

여기와 있음에 감사드리고
떨치고 갈 수 있음에 감사드리자

낯선 땅의 새겨진 이야기와 본 대로의 모습
잊혀 지지 않게 소중히 가슴에 담아
오래오래 기억하도록 깊게 새겨 두자

시간이 가고 세월이 가도 내가 바라는
먼 세상의 환하고 밝은 태양처럼
고이 간직해 두자

악수

눈밭 속에 하얀 발자국 남기며
솜털같이 희고 차가운 입김 뿌리며
피곤한 얼굴로 다가와 잠들고

눈길 날카롭게 밟힌 보기 좋게 나온
앞가슴이 환하게 눈을 뜬다

그리움에 온몸 붉디붉게 물들이다가
찌들은 세월 벗어던지려니
진흙탕 속에 헤매며 갈 곳 잃은 내 마음
잡아 일으켜나 주시지요!

따발총 소리

1950년 초 가을 전남 장성군 삼서면 소룡리 소도부락
어떻게 돼서 이 마을이 북한 치하에 있었는지
그 경위는 잘 모르지만 북한 복장을 한 사람과
북한 군복을 입은 사람들이 마을 회관에 상주했었다
그날 진입했는지 그 전날 밤에 진입했는지는 잘 모르나
초가을 어느 날 아침이었다 어머님이 망태기에다 벼를
담아
이고 옆집에 있는 디딜방아 방앗간에 가시는 뒤를
강아지가 깡충거리며 뛰듯 뒤따라갔다
어머니께서 디딜방아를 찧고 있는데
인민군복 입은 사람과 인민 복장을 한 2명 등 3명이
방앗간에 들어오면서 망태기를 발로 차며 동무네
빨리 가라우 마을회관 앞으로 빨리 가라고 독촉하는
바람에 허둥지둥 뛰어가시는 어머니 뒤를 겁먹은 강아
지마냥

뒤따라가니 마을 입구 길가로 5-6명의 주민이 서 있고
그 앞으로 2명이 주민들이 내민 손바닥을 들여다보며
심문을 하고 있었다
내가 그 앞을 지나려 하자 집으로 가라우 하며
소리치는 그들의 기세에 눌러 발을 돌려
서너 발자국 떼는 사이 마을에서 사람들이 서 있는
길로 오려다 앞의 논으로 들어가는 여자분이 있었는데
3-4초 후에 따따따 따발총 소리가 연달아 울리더니 여자
비명 소리와 아이 울음소리가 동네를 흔들어 놓았다
나는 놀란 토끼마냥 어떻게 집에 왔는지 모르게 집에 와
있었다

상당한 시간이 흘러간 어느 날 어머니에게 그때 일을
물어보니 그걸 기억하고 있었구나 하시며 들려주시는
말씀은 그 한실 떡(한실 댁)은 결혼한 지 3년 정도 된 사
람이고
그 남편은 면서기(면 직원) 그때 죽은 애는 3개월 된
딸이었다고 하시며 크게 한숨을 내쉬셨다

이때의 기억을 어느 집단의 상징으로 받아들여
내 젊은 청춘을 불태웠다

한세상 살고 나면

밀려왔다 밀려가는 밀물과 썰물처럼
지난 일들이 왔다가 사라져 간다

모았다 허물어 버리고 쌓았다 흩어 버리는
파도와 갯벌 사이 찍힌 흔적처럼
지난 흔적만 가슴 속에 남겨 두고
사라져 가는 지나는 날들이여

말없이 가슴속에
찍힌 발자국을 생각하며 먼 하늘
을 향한 복고주의(復古主義)자

마음은 구만리를 앞서가고
혼곤한 육신은 몸져누워 버린다

월사금(月謝金)

매월 납부해야 선생님도 봉급 받을 수 있는 월사금(月
謝金)*
초등학교 4학년 초가을 어느 날
한 달도 아니고 두 달이나 밀려 있었다
선생님이 나도 포함된 몇 사람 이름을 불러
내일까지 가지고 오지 않으면 돌려보낸다는 강한
말씀이 있어 어머님이 퇴근해서 집에 오시자마자
졸라 대다 나오지 않는 돈 때문에 잠을 설쳐 가며
아침에 일찍 일어나 출근하시는 어머니 뒤를 따라가며
다락다락* 울부짖었던 월사금 줘!

눈물과 땀이 뒤범벅이 된 얼굴은 아궁이에
들어갔다 나온 고양이 얼굴이었다
즐거운 마음으로 숨 가쁘게 뛰어가던 학교길은
무거운 발길이 가슴을 이고 어깨가 처지고
풀이 죽어 학교로 걸어가고 있었다

매월 선생님께 바치는 月師金(월사금)으로 인식된
月謝金(월사금)을 스승님과 친해지는 師親會費(사친회
비)로
말을 바꾸고
육성을 위한 육성회비로 이름을 바꿔 변혁을 했지만
다른 사람에게는 평범하고 보통 흘려보낸 월사금이
가슴을 검게 태우고 노랗게 멍들게 한 월사금이었다

* 월사금(月謝金): 매월 내던 수업료
* 다락다락: 자꾸 성가시게 대들면서 조르는 행동(行動)

구김 없이 살다 가자

한 줌의 햇빛 앞에서도
당당하고 올곧은 정신으로
정직하게 살아가자

칠흑 같은 어둠 속에서도
희망을 잃지 말고
굳세게 살아가자

지축을 흔드는 강한 지진 앞에서도
여유 있는 마음으로 하루를 개척하며
살 듯하게 살아가자

강한 비바람 온몸 적셔도
연잎처럼 물방울 튕기며
유연하게 살아가자

딱 한번 찾아온 이내 인생
비굴하지 않고, 구김 없이
멋지게 살다 가자!

비 오는 밤

밤에 비가 내리는데
내 마음에 꽃이 진다

빗물은 꽃잎을 여울로 흘려보내고
세월은 육신을 나약하게 하여 끌고 간다

무명의 한세상 꽃 지고 세월지면
무엇이 남아 있으려나?

비 내리는 이 밤
내 마음에 비가 내린다

의지할 곳 없는 이내 마음에 비가 내린다
가슴을 적시며 흘러내린다

별들의 고향

개울물 맑게 흐르는 깊은 골에
여기 한 집 저기 몇 집 마을 이루고
산새 오가는 길목에 이름 모를
꽃들이 피어 있는 깊은 산골

배꽃, 살구꽃, 매화꽃이 피고지는 봄철에는
뻐꾸기도 울어 고즈넉한 한낮을 흔들어
잠든 아이도 깨우고
해가 산비탈로 기어 들어가면
바람도 쉬다 잠드는 곳

별들은 밤마다
개울물에 놀러와 미역도 감고
함석 지붕 위에 앉아 소꿉장난도 하고

겨울이면 눈 위에 내려앉아 도란도란
이야기하다 가기도 하고
비오는 날이면 아예 이불을 덮고
잠자기도 한다

순수하고 착한 마음
별들을 끌어와
오순도순 살아가는
오지의 벽촌 별들의 고향

이젠 헤어지자

신록의 푸름을 서로 올리고 품어
한때는 다정한 한 몸이었는데

불끈불끈 힘주어 붉게 물들여
색깔 든 얼굴 뽐내더니

그 곱고 붉은 잎이
바람의 유혹에 넘어가 따라나서며
이제는 헤어지자는구나

허공에 찍었던 발자국 가져가는 새처럼
가슴 긁어 상처 내지 말고 조용히 떠나라

흐르는 물에 몸 적시다 그림자 가져가는
달빛처럼 네 몸에 남았던 내 몸의
흔적 되돌려 주고 말없이 사라져라!

골목길

산등성이 잘라 만든 산동네
진눈깨비 궂은 바람 차가운데

별 하나 등불처럼 홀로 깜박이는 밤
골목길은 어둠 속에 가물가물

마음은 끝없이 높은 곳으로 향하고
지친 몸은 아래로 아래로 흘러만 간다

한때

꽃은 바람에게 속살 보이고
봄비는 바람 이고 꽃 속에 숨었네

수줍어 가볍게 고개 숙이면
무엇이 수줍나 해님이 기대네
햇살이 감싸네

속살 보던 바람은 情(정)을 헌옷처럼 벗어 던지고
새로운 곳, 넓은 세상 향해 발걸음 옮겨 버리고
싸늘한 봄바람은 따스한 햇빛에 잠들어 간다

솟는 봄

솟는 기운이 기지개 펴 하품을 하면
야마* 어리어 솟아오르고

몸 푼 땅은 이름 모를 꽃들
웃음 웃으며 살갑게 얼굴 내밀게 한다.

꽃길로 나들이 나온 바람은
엄엄한* 향기 그윽이 뿜어 날려
벌 나비 훨훨 날개 펴 모여 들인다

꿈틀꿈틀 꽃술은 해맑은 얼굴로
꿀 바람 유혹하여 긴 밤 지새우며
배재기*가 되어 무거운 몸 가누며
행복한 마음으로 웃음 웃는다

* 야마: 아지랑이
* 엄엄한: 매우 짙은 향기
* 배재기: 불룩한 몸, 임신한 몸

좋은 당신

눈가에 환하게 웃음 띠며
어질고 착한 성품인 당신
입가에 미소 머금은
마른 입술도 사랑스럽습니다

술명하게 다가와 하고 싶은 말 있어도 참고
귀 기울여 모든 말 듣고 행하는 당신이기에
험한 기슭에 꽃 피우길 두려워하지 않는 꽃처럼
당신을 허심 없이 사랑합니다

홀로 핀 꽃

꽃무리 벗어나 홀로 핀 꽃
발길, 눈길 따라 핀 하얀 꽃
한밤에는 외로움에 눈물 젖고

부디 치며 몸부림치며
다시 돋아나는 꽃잎 사이로
슬픈 이별의 노래도 들었다

길가의 노란 씀바귀 꽃잎
발밑에 꿈틀거리는 분홍 패랭이
어린 강아지풀이 손짓하고

바람은 스스럼없이
홀로 핀 꽃망울 붉게 물들이며
하루를 이고 떠나간다

惡談(악담)

- 이놈의 세상 하늘과 땅이 확 맷돌질이나 해 버려라 -

내부 감정이 폭발하여 나오는 말이지요?
이런 말 듣지 않고 살아가시지요?
이런 말 하도록 세상을 만들어 가시지는 않으시지요?
우리가 한숨 쉬고 찬바람이 머리 위를
스치고 지나는 시대 이런 말 들어 본 일이 있습니다
얼마나 힘들고 힘들면 자기가 사랑하는 자식이
살아가는 이 땅이 하늘과 돌돌 갈아 없어지길
바라겠습니까?
무전유죄, 유전무죄가 성행하여 돈이면 안 되는
것이 없고 돈 없으면 살아가기 힘든 삶 속에
한숨 쉬며 살아가는 많은 사람들
이놈의 세상 하늘과 땅이 확 맷돌질이나
해 버려라는 악담이 이 사회에 만연하고
이런저런 사건들이 사람의 인성을 만드는
계기가 되지 않을까 두려움이 앞섭니다

아무 이유 없이 길가는 행인을 살해하는 행위들이 자자
하고
아무 까닭 없이 길가다가 차를 파손하는 행위가
이 사회가 지닌 현실임을 직시할 때 이런 사실들과 因果
(인과)관계가 없다고 보진 않을 것입니다

시간이 흐른 뒷자리에 고독만 덩그러니
웅크리고 앉아 서로가 서로를 믿지 못하고
반목과 갈등으로 사람은 경시하고 물질만
추구하는 그런 세상이 만연하여 스스로가
죽음의 굴레로 떨어져 버리지는 않을까요

매화(梅花)

나무 중에 사람으로 치면 어머니와
같다는 매화나무
梅(매): 木(목), 人(인), 母(모)
木(목): 나무 중에
人(인): 사람으로 말할 것 같으면
母(모): 어머니와 같다

봄의 첫머리 아프게 꽃피워
열매 여물려 시름시름 몸져누워
앓다가는 내어 주는 사랑의 꽃나무

누가 화려하다고 노랠 부르나
이 성스러운 엄마 같은 품속을

숲속의 아침

풀벌레 소리 조용하고 나지막하게 들리고
나무 위에 잠자다가 푸드득 날아가는
날갯짓소리 고요히 잠든 숲속 아침을 깨운다

이끼 낀 돌 틈 사이로 졸졸거리며
맑게 흐르는 틈 사이로 가재 긴 발 치켜
세우며 세수를 하고

바위 속 다람쥐와 토끼도
아침 산보 나와 뛰는지 달리는지
경주하기 바쁘다

햇빛 들인 양지엔 숨이 차고 오르도록
꽃봉오리 올리기에 분주하고
고요히 가슴 열리며 힘이 솟아나는
즐겁고 행복함이 깃든 숲속의 아침

곳

돌아가 쉴 수 있는 집이 있고
풀리지 않고 가슴이 답답할 때 푸념이라도
늘어놓으며 하소연이라도 할 수 있는 곳이
있어 좋았습니다

누군가가 그립고 생각날 때 전화라도 걸 수 있는
주변에 그런 친구가 있다는 것은 정말 행복이었습니다.
허심 없이 말할 수 있고 누가 먼저 꺼내지 않아도
자연스럽게 한잔 권할 수 있는 사이가 주변에
있다는 것은 낮잠 자는 한가로움보다 더한 행복함이었
습니다.
인생은 더불어 사는 것 행복은 시원한 바람같이 자주
접함으로써 정이 들며 행복이란 귀한 열매로 열리는 것
이니
옆에 두고 지내렵니다

치매

흐릿흐릿한 얼굴
분별없이 보내는 시간

뜬눈 봉사가 되어
살아가는 삶이여

보는 눈 눈물 흐르고
타는지 가슴이 뜨겁습니다

참 좋았습니다

좋아한다는 말이 참 좋았습니다
사랑한다는 말도 참 좋았습니다

화려하게 피어 있는 꽃을 향해
좋아 너무 좋아 가슴에 와닿아
사랑해 사랑해 하고 말할 수
있음이 너무 좋았습니다

심해로 흘러가는 힘 센 물줄기
울부짖는 아우성 심장에 와 부딪칩니다
울부짖는 아우성도 참 좋습니다
사랑합니다
정말 사랑합니다

모든 것이 살아 움직이는
이 세상 참 좋습니다
가슴이 터지도록 너무 좋습니다

親(친)하다

나무 위에 서서 본다.
친(親): 목(木), 입(立), 견(見)
목(木): 나무 (위에)
입(立): 서서
견(見): 본다

울에 타리를 치기 위해
울 밖과 울안의 가장자리에
나무를 심어 울타리를 치고 밖으로
나가는 출입문 앞에 항아리를 묻고
그곳에 용변 처리를 해 이 대소변을
텃밭에 거름으로 사용했던 시절

이곳에서 용변을 보는 친구를 나무 위에
올라가 보면서 얼레리꼴레리 누구누구는
거시기 내놓고 응아 한대요

허심 없이 모든 것을 보며 지내는 사이라야
친하다고 할 수 있다는 말이랍니다

울

우리들인 가족 혈족이 집단으로
살아가는 곳을 우리라 부르고
우리라는 말이 줄어 울이라 불립니다
우리 안에
막을 치면 울막이라고 하지요
울막이 변하여 움막이라 한답니다
집 안에 있는 물을 우리가 먹기 때문에
우물이라 부르고요
산속 바위틈에서 나오는 물은 옹달샘이라 부르고
마을 사람이 공동으로 먹는 물은
물이 세게 나오기 때문에 센 물이라 불렀는데
이 말이 변하여 샘물이라 한답니다

쉬었다 가리라

꽃 떨어지고 나뭇잎 떨어져도
새봄 돌아오면 다시 돋아나듯

누군가는 태어나고
누군가는 죽어 가는 것을

길 떠나면 산맥 앞에서 날갯짓 멈추지 않고
너울너울 춤추며 살아가는 새들처럼

바람 불면 바람맞고 눈 오면 눈 맞고
즐거우면 즐겁게 웃음 웃고 괴롭고 슬프면
슬피 울기도 하고

이놈의 인생살이 지치고 힘들면
버거운 굴레 벗어 던지고 쉬었다 가리라

멋지게

세월은 꽃잎 따라 흘러가고
꽃잎은 세월 따라 떨어지네
풀잎에 맺힌 이슬 사라지고 나면
찬바람이 된바람 되어
울부짖으며 희짓다 떠나가네

인생살이 너무 크게 보지 마시라
초로와 같이 잠시 왔다 가는 것
흘러간다고 세월 탓하지 마시구려
멋지게 살다 가면 그만인 것을

無爲(무위)

가는 발걸음
오는 발걸음

분주하게
오가는데

가고 싶어도 갈 곳 없어 가지 못하는
초라하고 서글픈 이내 발길

스님은 산허리 오르면
맞아 주는 암자라도 있으련만

갈 곳 없는 이내 발길
손짓하는 먼 산 바라보다 그 길이
내 갈 길인가 산길 따라 끌려간다

봄의 연정(戀情)

마른 가지 사이로 할퀴고 간
임자 떠난 빈자리

쌓인 눈 녹이며
따스한 기운 파고들면
귀 익은 목소리 다정히 들려오고
따스한 바람 가슴 스치고 불어와
온몸에 생기 돈는다

비늘눈 트이는 나뭇가지에 연둣빛
입혀 찰싹 붙어 잎차례 움터 오르고
망울망울 봉오리 올리고 올려

화려하고 고운 앞가슴 활짝 열어
진한 향기 널리 바람에 날려
코끝 스치는 향 내음에
춤사위 요란한 벌 나비 날갯짓

욕망

궁핍과 빈곤을 이겨 내려는 열정과 욕망에
억센 풍파 이겨 내고 삶을 지향하며
흔들림 없이 살아가야 하는 인생사

오늘 힘들게 뜀박질하는 것은 내일의 행복을 위한
삶의 行路입니다. 아지랑이 손짓하는 따사로운 봄날은
어둡고 추운 겨울 찬 바람 이겨 낸 선물이라 하겠지요
희망 어린 소망도 꿈을 키워 가꿔야 이루어지는 것이 아
니던가요?

몸은 자유로이 뛰어놀도록 놀려 먹이고
두뇌는 뜨거운 이성으로 보호하며
욕망의 욕구를 다듬어 널리 푸르게 펼치며
이웃과 다정하고 힘차게 살아가렵니다

고질병

그리움이 마음속에 파고들어
밤마다 꿈속을 헤매며
어둠을 뒤집으며 몸부림친다

눈부시도록 찾아온 빛과 바람이
황홀하게 빛나 영혼을 쫓아오면
몽유병 환자가 되어 그대들 그림자를
찾아 헤맨다

비 갠 자리 산허리 감싸며 고운 색동다리
굳은살이 얼룩진 세월 더덕더덕 틀어박혀
검버섯이 꽃 무늬 지어 있을지라도

굴곡의 소용돌이 속 희망이 파고들어
천지가 휘황찬란하게 비추면
그대들 손을 굳게 맞잡고 힘차게 걸어가리라

무상(無常)

상처 없는 靑春 없고
아픔 없는 人生 없듯
나이테는 나무의 고독일지
모르나 살아온 관록이다
시우쇠는 풀무질 없이 달아오르지 못하고
대장장이의 망치질 없이 형상은 없다

봄인가 싶었는데 꽃잎 지고
가을인가 생각했는데 이파리 나부끼며
떨어져 굴러간다
보이던 얼굴들 하나둘 보이지 않고
몸을 움츠리게 찬 바람만 불어오는구나
무상하고 허무한 것이 인생인 것을!

즐겁게 살다 갈래요

생각을 하면 할수록 생각을 낳고
말을 하면 할수록 말이 커지는가 봐요
걱정이 지나치면 기분을 우울하게 만들어
남을 미워하고 원망하는가 봅니다

칭찬을 하면 듣는 기분 좋게 하여 사랑을 싹트게 하고
사랑을 키워 넓고 깊은 관계를 맺어
사이좋게 살아가게 하는 인생살이 동력이 되는가 봅니다

마음이 맞는다는 것은 내가 그만큼 참고 상대를
이해하며 대하는 行爲에서 깃드는 것이지요?

말투에서 성격이 나타나고, 태도에서 본마음이 보이며
얼굴에 감정이 나타나고 세심함 속에서 센스가
보이는 것이 아니던가요?

그 누구도 곁을 떠나지 않도록
마음을 다해 관계를 지켜 가며 존중하고
사랑하며 한평생 즐겁게 살다 갈래요

운명(運命)

論鄭嘉山 忠節 死 嘆 金 益淳 罪通于天
(논정가산 충절 사 탄 김 익순 죄통우천)
김병연 이 약관(弱冠)의 나이에 과시에서
써 내린 시제입니다
이 시로 인해 그의 일생을 떠돌이
방랑 시인 김삿갓으로 살게 한 운명이
깃들은 詩이기도 합니다

운명이란 게
온갖 일이 모두 운명에 있거늘
덧없는 인생은 부질없이 헤매는구나

나는 청산을 향하여 가는데
녹수 너는 어데서 흘러오느냐?

해가 저물어 두어 집 문을 두들겼는데
주인은 번번이 손을 저어 가란다
두견새조차 이 야박한 인심을 아는지
수풀을 떠나 돌아가라 울어 대는구나

굽은 기둥에 찌부러진 처마는 땅에 닿았고
됫박만 한 방은 겨우 용신할 만하다
평생 긴 허리 굽히려 하지 않으려 했더니
이 밤은 다리 하나 펴기도 어렵구나

쥐구멍으로 연기 들어와 칠흑같이 어둡고
쑥대 억새풀로 가린 창은 날이 새도 모르리라
비록 그러긴 해도 의관을 적시지 않았으니
떠날 땐 주인에게 감사드리고 가야겠다

네다리 솥소반에는 죽 한 그릇 놓였는데
푸른 하늘 흰 구름 그림자 어른거린다
주인이시여 미안하게 여기지 마시오
나는 청산이 거꾸로 물에 비치는 것을 사랑한다오

밥상엔 고기라곤 없고 나물 뭉치가 고작인데
부엌에 땔 나무 떨어지니 화가 울타리에 미치더라,

시어머니, 며느리가 한 그릇에 밥을 먹고
나들이 갈 때 아버지와 아들이 번갈아 옷을 입도다

저 양반 이 양반 하고 양반 타령인데
도대체 무슨 반이 양반인고 조선엔 세 성이 양반인데
내 김가는 가락에서 제일가는 양반이렷다
천리 길 왔으니 이달엔 손님인 내가 양반인데
당신같이 팔자 좋으면 부자가 양반이구나
그 양반 진짜 양반 몰라보니 손님 양반
가히 주인 양반 지체 알 수 있겠다

새는 집이 있고 짐승은 구멍이 있거늘
내 평생을 돌이켜 보면 홀로 슬프기만 하구나
죽장망혜로 천리 길을 헤매며 물 따라
구름 따라 가는 곳이 내 집이라
사람을 허물하여 무엇 하며 하늘을
원망하기도 어렵구나 세모에
슬픔과 회포가 마디마디 남는구나

김삿갓 그대 지금 어데쯤 가시고 있소?
그대 가는 길 험하진 않으시오?
할아버지도 모든 걸 잊어버렸으리라
생각 드니 너무 죄스럽게 생각지는 마시오

저기 산 넘어 구름 속에 달 가듯이
가는 객이 혹, 그대 아니신가요?
너무 빨리 가지는 마시오,
막걸리나 한잔하며 세상살이
살아가는 이야기도 하면서 천천히 갑시다
지금은 허리 구부리어 들어가는 집이 없고
발을 뻗지 못하는 방은 없을 것이니
문전걸식, 구걸 잠, 그대의 아픈 이력은
감수할 수 있을 것이니 나하고
차분하게 천천히 같이 갑시다

삼류 인생

선술집 기웃거리며 한두 잔의 소주에
포장마차 속 막걸리 한두 대접에
즐겁게 살아가는 너와 나인 삼류 인생

청춘 드라마 속 주연과 조연이 우리의 인생이고
힘 있는 자들이 펼치는 뉴스 속 주인공이 우리의 삶이다

주연도 우리 같은 삼류 인생 관객 없인
영화와 드라마가 없을 것이고?
나라를 좌지우지하는 일류 인생도 우리 같은
삼류 인생 없인 그 자리 있겠는가?

버려진 돌이 돌담이 되어 굳건히 집을 지키듯
너와 내가 아니면 나라는 누가 지키겠는가?
너와 나인 삼류 인생이 주연이고, 일류 인생이고
인류의 빛인 것을 자부하며 살아갑시다

그립다

가슴에 뚝 떨어져 파고드는 여운이
긴 세월 속에 물들여진 노을이 되어
잔잔하게 새록새록 새겨져 휘엉켜져
낮잠을 자고 하품을 하며 서성거린다
지난 세월 한 꺼풀 한 꺼풀 걷어 내니
탐스럽게 박힌 도톰한 밤알
몇 톨 아른거리고 바람결에 나부끼는
쭉정이들뿐이다

감춰진 사랑
숨겨진 행복
피어오르는 연민 꺾어
올곧게 가슴에 묻어 두려 하니
어데서 들려오는지 귀 익은 가락
휘파람처럼 파고들어 울리어 온다
흥얼거리며 그 시절은
어찌하려 노래하며 다가오는가?

추석 명절

풍요로운 햇곡식에 조상님 은공
잊지 않으려 차례 지내던 풍습이 우리 민족의
대대손손 내려오는 전통이었는데
이제는 감나무 열매는 까치 잔칫상이고
사과는 형식적으로 차례 지내는
집 찾아 헤매고 맴돈다

송편 빚는 집은 떡집 손 빌려
차례 지내려 준비하고
장보러 나온 아낙네는 먹을 사람 없는데
정성 들이지 않고 대충 꾸려 간다

국외 출국장에 늘어선 해외 나들이객
추석 명절 가족과 잘 보내라 보너스에
추석 연휴 길게 주니 해외여행을 가 버려
조상님들 집에 와 보니 썰렁한 분위기에
격한 마음에 흘리는 눈물이 비가 되어
보름달을 적시네 밝은 달을 적시네

어떤 봄을 기다리며

추위가 기승을 부리는 이 겨울 지나면
온기가 가득하고 따사로운 봄이 오고
봄이 오면 온 세상이 생기가 돋아
꽃이 화려하게 피겠지요?

가을을 지나 겨울을 맞는 인생살이
마디마다 움츠려지는 육신을 활기차게 움직이게
빨리 봄이 왔으면 하고 소박하게 기다려 봅니다
봄은 생기 돋고 활기차게 움직일 수 있는
그런 계절이 아니던가요?
그런 봄을 기다려 봅니다

마귀들의 불장난

어느 마귀가 태양에 전기 코드를 꼽았나
태양이 불타 뜨거워진 열기가 온 세상을
덮어 숨이 막혀 숨쉬기도 힘들구나
불을 끄기 위해 하늘로 올라가려 대나무 위에
올라 서 보니 이제는 어느 뿔 달린 못된 마귀의
장난인지 바람이 비를 몰고 앞산을 휘몰아
온 마을 휘젓고 다니다가 논에 들어가
흙탕물 튀기며 농작물 밟아 다 망쳐 놓고
밭에 들어가 열매는 다 따서 땅바닥에 내동댕이쳐
쑥대밭 만들어 놓고 달아났습니다
농부들 눈물 속에 가을은 마를 날이 없습니다
하늘이시여 이 사악한 마귀들을 다스려 주소서

뭉게구름

솜털 같은 하얀 뭉게구름
살랑살랑 뭉클하게 숨 쉬며 가네
바람 불면 거세게 몰아쉬면서

갈지자로 흐르는 탄천에
뭉게구름 솜털을 머리에 이고
물길 따라 바람 따라 흘러서 가네

가다가 추워지면
추위에 떨고 있을 물길 녹이려
뭉클하게 뭉게구름 둥둥 떠가네
바람 따라 둥둥 흘러서 가네

둥근 달

생글 생글 하얗고 둥근 보름달!
수박같이 달콤하고 둥그런 달이
행복을 나누려고 보름달이 되었네

꿈 가득 희망 가득 수북수북 담아
사랑을 나누네
행복을 나누네

깜박거리는 눈망울로
산천을 누비며

동그랗게 동그랗게 원을 그리며
천지를 환하게 비추어 주네
어둔 밤 환하게 비추어 주네

동초(冬草)

싸늘한 바람이 차갑고 무겁게 불어와
꿈을 먹고 자라는 파란 이파리 날개 접히네
매서운 눈바람 세차게 불어와
곧은 땅도 허우적거리며 추위에 떨고

임이시여!
언제나 오시렵니까?
이 추운 옷 언제나 벗을 수 있나요?
너무 그리워 온몸이 타들어 갑니다

산바람 강바람

울창하게 몸집 키우며 빽빽하게 숲을
이루어 푸름을 머금고 살아가는 산!
빗물을 머금어 온몸에 담았다가 조금씩 흘려보내
강물이 춤추며 살맛 나게 살아가고

산줄기 따라 계곡을 따라 물줄기 휘휘 돌아
흘러가는 물줄기는 파란 숲속을 펼치듯
파란 군상으로 산맥을 돌고 돌아 젊음을
노래하며 강바람 산바람 출렁출렁 흘러간다

하루가 열리고 나면

진주처럼 영롱하게 떠오르는 햇살이
투명한 미소로 상큼하게 다가오고
출렁이는 바다는 목청껏 함성을 지르며
두 주먹 휘두르며 하루를 연다

눈부시도록 찬란한 빛은 가슴 저리도록
이곳저곳 문안드리며 풀잎에 맺힌 이슬
사르르 말아 올리며 오늘을 기약하고
파도에 덮인 모래성은 고뇌에 쌓여 방황하다
흩어지며 내일을 기약한다

꽃잎은 풍만한 가슴 열어 진한 향기에
벌, 나비 찾아와 하루를 즐기고
서산 넘는 종달새는 짝 찾아
날개를 펴며 지름길로 달려간다

버려지는 몽당연필

쓰다가 버려지는 몽당연필
물만 먹고 버려지는 1회용 종이컵
나도 이젠 유효기간 지난 폐품

여기저기서 귀들 귀들 울음소리는
물러가란 듯 들리어오고 그 울음소리에
밤잠 못 이루고 뒤척이는데
이제는 합창으로 부르짖는구나
어서 떠나라 재촉하듯이

사랑으로

어떤 연으로 사랑을 가슴에 묻어 두고
그대를 생각하며 그대만 바라다봅니다
싸늘하던 바람은 훈훈하게 다가와 얼굴에
살며시 미소 띠고
서릿발에 숨죽이고 웅크리고 앉아
목 빼고 기다리다 한숨 짓는 소리는
허공으로 흩어져 사라져 갑니다

찔레꽃

코끝을 스치고 지나는 진한 향 때문에
피골이 곤두서 버렸습니다
가지마다 엉키고 엉켜 소스라치도록
날카롭게 드리운 가시 손은 거칠게 반항하여
꺾을 수가 없습니다

붉은 얼굴 붉은 입술 온몸에서 풍기는 향수는
가슴을 뛰게 하고 느껴보지 못한 감정에
사로잡혀 하늘만 바라봅니다
하늘이시여 어떻게 하면 좋겠습니까?

떠나갑니다

가는 것인지? 오는 것인지?
오는 것 같기도 하고
가는 것 같기도 하여 앞뒤를 모르겠구나
어둡던 하늘에 달은 뜨는데

떠 있는 달은 구름 따라가다가는 별빛을 스치면서
흘러갑니다

달 지고 별이 사라진 어둠 걷어 낸 빈자리에
맑은 해가 떴습니다. 홍조 띤 밝은 해가 떴습니다

해는 그 자리 지키지 못하고 밀리여 흘러갑니다

구부러진 허리 펴지도 못하고
기어가듯 끌리어갑니다.
산 따라 물 따라 세월 따라서

머물고 돌아

강렬하게 들리어오기도 하고
속삭이듯 정겹게 들리어오기도 하고
태고의 숨소리가 되어 오기도 하는
꽃잎 화려한 동산에 스치는 바람

한나절

나뭇잎들이 쩡쩡 소리 내며 물들고
담쟁이넝쿨 담벼락을 기어오르며 경주하는 오후
빨갛게 물들인 고추잠자리 바람에 날개 펴
마당 앞에 홀로 서 있는 감나무 위에 앉는다
빨간 잠자리 앉은 가지 위에 붉게 물들이는 감이
쓸쓸하고 외롭게 잠들은 午後

6·25를 상기하며

나의 조국 나의 하늘이 이렇게 맑고 푸른데
이 강산이 탱크 소리와 따발총 소리에
짓눌려 산천초목이 하늘을 향해 울부짖으며
울분했던 그해
웅덩이에는 묶인 채 묻혀 썩고 있는 사체가 있었고
피하려다 따발총에 맞아 벼 포기에 쓰러지며 울부짖는
엄마 울음소리와 아이의 울음소리 보고 들었습니다.
그해(1950년) 초가을 이 가슴에 다가와 맺힌 그 아픔을!

네가 오니

가슴에 간직하고 품었던 소중했던 널
기다리고 기다렸는데

누군가가 마당을 후드득 달리며 창문을
두드리는 소리에 문 열어 보니 네가 오고 있구나!
반갑다 손을 내미니 촉촉히 눈물이 흐르는구나
내 가슴속에서 오랫동안 한이 맺혀 지내던 네가
나가더니 비가 되었느냐?

눈을 감으며

눈부신 태양
출렁이는 바다
잠시 생각에 잠겨 눈을 감는다

바람이
아름다운 마음,
마주 잡은 손을
그리워하며

소리 없이 다가와
따사로운 입술에
입을 맞추네

그대

봄이면 꽃 속에 그대 고운 얼굴이 보이고
가을이면 단풍 속에서 그대 영특한 지혜를
바라볼 수 있었습니다
태양이 이글거리며 열을 토하는 하얀 여름엔
밝고 환한 그대 얼굴을 보았습니다

살랑거리는 가을 햇살 속에서 총명한
그대의 눈빛이 보이고 그대 밝은 목소리가
다감하게 들려옵니다

날 저물어 서쪽으로 기울어가는 햇빛 따라
날갯짓 재촉하는 기러기도 벼랑 사이로
떨어지는 노을을 흠모하며 노을 속을
돌고 돌아 멀리 사라져 갑니다
그대여

아침

이슬 맺힌 자리를
바람이 스치며 조용히 이슬을 쓰다듬고
경쾌한 친구 웃음소리가
환하게 아침의 문을 살짝 연다

진줏빛 같은 찬란한 아침 햇살
새벽의 차가운 공기를 밀어 보내고
활짝 핀 꽃 자락에서 풍기는 향긋함을 담아
태양의 따스하고 밝은 눈빛을 조용히 맞이한다

오늘 하루

하얗게 휘감고 퍼지는 하얀 미소가
바닷속에서 솟아나는 환상의 햇살이
누렇게 바래 버린 연민의 정을 녹이고

그리움이 다가와 한 움큼 파고들면
달콤함은 쓴 눈으로 바라보며
숨소리만 거칠어 간다

오늘은 잘 익은 수박처럼 통통 부풀어
부딪치면 파편 같이 터져 버리는
과꽃처럼 출렁인다

초승달

슬픔과 고통을 뒤로하고
멀리 달아나려
종소리가 울리는 예배당의 종각
위에 신발 벗어 놓고
달려가려다 멈춰 서 있는 저 초승달

무거운 침묵만 고개를 들고
다른 길 가 보지도 못하고
종각 위에 매달려 종소리만 듣고 있습니다

든든한 버팀목

가끔 나는
꿈속에서
어린아이로
보일 때가 있지요?

낯설면서도 낯익은
그대들을 봅니다

또 하나의 그대들과
또 하나의 나를 봅니다

세월이 흐르고 흘러
또 다른 그대들과
또 다른 나를 봅니다

세상은 변해 가도
그대들은 언제나 내 곁에
푸른 청솔같이
버팀목으로 우뚝 서 있습니다

그리워지네

눈꽃은 바람 속에 휘날려 오고
찬바람은 야속다 온몸을 파고드네
한겨울 추운 겨울 함께 가려나
어이해 이 겨울은 이리 추웁나

살결을 파고드는 혹한 추위에
온기 가득 그날을 기다려 보네
따뜻한 그 임이 그리워지네
다정한 그 임이 보고파지네

그 얼굴

계절이 오가는 길목에 서서
접근 말라 오지 말라 경고 신호등
깜박깜박 빨갛게 물들어 가네

파란 얼굴 푸른 얼굴 파란 신호에
젊음이 오가는 지난날에는 요란한
날갯짓도 잊고 살았네

곳곳마다 빨갛고 고운 물결에
만지면 손에 번져 손이 저리네
눈길 주면 몸빛에 눈이 부시네

지나간 일기들

살아가면서 어린아이의 웃음에서
상쾌한 기분을 느껴 보고 새들의 날갯짓에서 용기가
솟는 쾌감도 맛보며 살아가기도 하고
일터에서 귀가하는 헐렁하고 여유로운 시간
욕심을 버리고 붉은 빛을 날리며 사라지려는
해를 바라다 보며
해가 손짓을 하며 사라지려 할 때 가슴이 찡하고
눈물이 핑 도는 이별의 슬픔을 배우기도 하고
마음이 열리어 산과 들에 핀
화려한 꽃들의 추억들을 끄집어내
별들과 속삭이다 헤어지는 아픈 이야기도 들어 보고
겨울에도 쉬지 않고 돌고 도는 동박새의 눈에
빨간 동백꽃이 화려하게 눈에 들어 흰 눈이 날리는
한겨울의 사랑 이야기도 들어 보고

비, 바람을 견뎌 내며 비탈진 고개에 꿋꿋하게
서 있는 노송처럼 어쩔 수 없이 고통과 슬픔을
이겨 내며 살아가는 사람들 속에 숨 쉬고 있는
나를 찾아본다

추억이 샘물처럼

길모퉁이를 지키는 저 별이
떨어져 가는 그 계곡으로
쇠잔한 육신 이끌고 강물이여 흘러라

머리 위에 서서 우짖는 가늘고 긴 햇살같이
조용히 꾸려 둔 행운의 기운을 담아 피어나라

눈빛이 딱딱하고 커다란 나뭇잎
추억의 음악이 떨리는 모양이다
새벽의 가을 나무를 보면서
근심의 밑바닥을 보면서
별이 빛나는 저 계곡까지 가야 한다
추억이 샘물처럼 흐르는 저 계곡으로
가야만 한다

하얀 눈이 나리면

나는 너를 기다리고 있다
부드럽고 고운 너를
하늘에서 날개를 저으며
하얗게 밝은 얼굴로 다가오는 너를

하얀 눈이 나리면
무겁게 닫힌 마음의 문을 활짝 열고
벗은 발로 너를 맞이하려 가련다

하얀 눈이 나리면
즐거움을 한 아름 안고서 너를 맞이하려, 가련다
무거운 짐의 덮개를 벗어 던지고
하느님이 보내 주신 밝은 선물이시니
기쁘게 너를 맞이하리라!

그대 얼굴들

어제도 보고 싶더니
눈을 뜨니
그대 얼굴들이 아롱거리네
그대들은 나의 행복한 그림자

친구들이여
나의 영원한
길동무여

구김 없이 오래오래
같이 가자꾸나
손을 마주 잡고서!

근대 시인들

시인	주요 이력 및 작품
한용운(만해) (1879. 08. 29. ~ 1944. 06. 29.) 충남 홍성 출생	저항시인, 승려이자 독립운동가(민족대표 33인). 1926년 시집《님의 침묵》발표. 1962년 건국훈장추서.
김억(김안서) (1896. 11. 30. ~ 1950. 납북) 평북 곽산 출생	일본 케이오 의숙 중퇴. 주로 프랑스 문학 소개, 번역시집《오뇌의 무도》, 1923년 한국 최초 창작 시집《해파리의 노래》간행. 김소월의 스승.
이상화 (1901. 04. 05. ~ 1943. 04. 25.) 대구 출생	독립운동가 및 저항시인. 대표작 〈빼앗긴 들에도 봄은 오는가〉, 〈나의 침실로〉 등. 1990년 건국훈장 애족장 추서.
정지용 (1902. 06. 20. ~ 1950. 납북) 충북 옥천 출생	한국 현대시의 기틀을 마련함. 대표작 〈향수〉, 〈유리창〉 등.
김정식(김소월) (1902. 09. 07. ~ 1934. 12. 24.) 평북 구성 출생	한국의 전통적 한을 민요적 율격으로 노래함. 대표작 〈진달래꽃〉, 〈초혼〉, 〈산유화〉 등.
김윤식(김영랑) (1903. 01. 01. ~ 1950. 09. 29.) 전남 강진 출생	순수시 운동 주도 및 독립운동 참여. 대표작 〈모란이 피기까지는〉, 〈내 마음 아실 이〉 등.
이은상(노산) (1903. 10. 22. ~ 1982. 09. 18.) 경남 마산 출생	시인이자 문학자. 대표작 〈가고파〉, 〈성불사의 밤〉, 〈동무생각〉 등. 이화여전 교수 및 동아일보 기자.

이원록(이육사) (1904. 05. 18. ~ 1944. 01. 16.) 경북 안동 출생	항일 독립운동가 저항시인. 대표작 〈광야〉, 〈청포도〉, 〈꽃〉 등. 중국 베이징 감옥에서 순국.
김해경(이상) (1910. 09. 23. ~ 1937. 04. 17.) 서울 출생	천재적인 초현실주의 작가이자 건축가. 대표작 〈오감도〉, 소설 〈날개〉 등. 일본 도쿄에서 병사.
백석 (1912. 07. 01. ~ 1996. 01. 07.) 평북 정주 출생	토속적인 평안도 방언을 문학적으로 승화함. 대표작 〈고향〉, 〈여승〉, 〈나와 나타샤와 흰 당나귀〉 등.
노천명 (1912. 09. 02. ~ 1957. 06. 16.) 황해도 장연 출생	고독과 향수를 노래한 시인. 대표작 〈사슴〉, 시집 《산호림》, 《창변》 등. 부역 혐의로 투옥 후 1951년 출감.
서정주(미당) (1915. 05. 18. ~ 2000. 12. 24.) 전북 고창 출생	생명파 시인의 영수. 대표작 〈자화상〉, 〈국화 옆에서〉, 〈꽃밭에서의 독백〉 등. 시집 《화사집》 간행.
윤동주 (1917. 12. 30. ~ 1945. 02. 16.) 북간도 명동촌 출생	유고 시집 《하늘과 바람과 별과 시》로 알려진 저항시인. 일본 후쿠오카 형무소에서 순국.
한태영(한하운) (1920. 03. 20. ~ 1975. 02. 28.) 함남 함주 출생	나병(한센병)의 고통을 문학으로 승화함. 대표작 〈보리피리〉, 〈파랑새〉 등.
박영종(박목월) (1916. 01. 06. ~ 1978. 03. 24.) 경북 고성 출생	청록파 시인. 대표작 〈나그네〉, 〈윤사월〉, 〈청노루〉 등. 한양대학교 문과대학장 역임.
박인환 (1926. 08. 15. ~ 1956. 03. 20.) 강원 인제 출생	모더니즘 시 운동 전개. 대표작 〈목마와 숙녀〉, 〈세월이 가면〉 등.

근대 단편소설 발표연대와 작가들

금수회의록	1908년 발표	안국선(1878 ~ 1926)
술 권하는 사회	1921년 개벽	현진건(1900 ~ 1943)
배따라기	1921년 창조지에 발표	김동인(1900 ~ 1951)
운수 좋은날	1924년 개벽	현진건(1900 ~ 1943)
화수분	1925년 조선 문단	전영택(1894 ~ 1968)
탈출기	1925년 조선 문단	최서해(1901 ~ 1932)
모범 경작생	1933년 조선일보	박영준(1911 ~ 1976)
사랑손님과 어머니	1935년 조광	주요섭(1902 ~ 1972)
김 강사와 T 교수	1935년 신동아	유진오(1906 ~ 1987)
봄, 봄	1935년 조광	김유정(1908 ~ 1937)
동백꽃	1936년 조광	김유정(1908 ~ 1937)
날개	1936년 조광	이상(1910 ~ 1937)
메밀꽃 필 무렵	1936년 조광	이효석(1907 ~ 1942)
바위	1936년 신동아	김동리(1913 ~ 1995)
치숙	1938년 동아일보	채만식(1902 ~ 1950)
별	1941년 인물평론	황순원(1915 ~ 2000)
돌다리	1943년 국민문화	이태준(1904 ~ 월북 숙청)
두 파산	1949년 신천지	염상섭(1897 ~ 1963)
독 짓는 늙은이	1950년 문예지	황순원(1915 ~ 2000) 1941년에 씀
비 오는 날	1950년 문예지	손창섭(1922 ~ 2010)